KB125874

달

제주 절물 전시 작품 인용

달

김공호 시집

48

시와정신시인선

시와정신사

이 시집이 탄생하기까지

그동안 고생 많이 하셨습니다 그리고 묵묵히 기다려 주셨습니다 고마운 아내와 가족분들, 하늘나라에 계신 부모님께 이 시집을 헌납해 올립니다

■

시인의 말

1

봄 동산에
야생 망아지처럼 무작정 뛰노는 아이가 있었다
홍조 빛 얼굴에
새 풀 새 뜰 속에 망아지도 아동도 모두 하나 되는 연초록 꿈들이 가득 피어나고 있었다
민둥산에서
어릴 적 아동兒童은
그렇게 철없는 아이가 되어
꿈 많은 한 시절을 보냈다

2

시간의 세월은
세인世人과 함께 더불어 살아가는 법을 배워간다 꿈이 흘러간다, 오늘의 숙제들을 하나둘씩 풀어간다

시詩와
나와의 거리는 하늘의 별만큼이나 까마득히 멀었습니다

퇴임 후, 울지 못하는 암 말매미처럼 나무 위 앉아
무성해지는 나뭇잎만 쳐다보며

한마디
울지 못하고

가지 사이
햇살이 지나가는 오늘만 세고 있었습니다

이제 낚아올린 시를 모아 둥우리를 만들었습니다

2023. 봄
김공호

날다가 무거우면

날다가 세상이 무거우면
분봉을 해라
날다가 날다가 힘들면 가벼운 곳으로 날아가 앉아
나뭇가지 위 집을 지어라
날다가 날다가 어려우면
저 멀리
나뭇가지 위 앉아 다가오는 세상을 들여다보아라

떠오르는
태양을 바라보며

지고 날아가 앉아, 아침의 꿈을

그곳에
집을 지어라

봄이, 나뭇가지 위 살짝 걸쳐 있다

차 례

___ 제2부

___ 제3부

제1부

눈물

1
눈 위
눈이 날린다

북극과 남극, 동토의 바람 떠도는 빙하
빙하가 떠밀려간다
된바람 분다
눈물 난다
찬 서리, 원인 모를 이슬
바람에 날린다
떨어진다
평야, 산 아래로 흐른다
넘쳐흐른다
떨어져
땅을 적신다, 흘러넘친다

아프리카 초원 우물에도 악어가 산다, 하마가 산다
버펄로, 기린, 코뿔소, 얼룩말, 임팔라, 코끼리, 호랑이, 원숭이, 하이에나, 사자가 산다
독수리 한 마리

초원에 앉아 날개 꺾인 채, 아프리카 눈물 흘릴 때
맑은 하늘에도
? 있다, 늪지대에도 탄다 대지가 탄다

하늘을 우러러
초원을 향하여 쳐다본다

2
주르르
빗물이 흘러나온다

우물 밖으로,
그 아래로

묵언默言,
휘어져 날린다

눈언저리
된바람 분다

눈과 눈 사이
일정한 간격 있다, 틈이다 살아가는 이유다

오늘의 발자국이다

이제
저 너머 큰 산山, 큰 눈을 바라본다

외운外雲

바깥 구름이 떠간다

텅 빈 하늘을 거닐다가, 오늘도 혼자 거닐다가
어디에도 기댈 곳 없다

밖은
허공의 달려오는 구름과 바람뿐이다

코로나가 지구별 시공을 넘실거리고 있다

떠돌다 떠돌다
돌아서는 외운

그래도, 오늘
빈 둥지의 하룻밤 여유를 갖는다

밤 하늘이 차다

한 조각 햇살도, 둥지의 발자국 소리도 없다

누구는,
연일 핸폰 소리가 있다

찾아도 찾아봐도
허공을 둘러보아도 아무도 없다

또 지친
하루 해가 진다

뿌리

1
할머니 한 분이
걸어온다

서사로
길모퉁이 끝점으로

지팡이 짚고,

허리가
90° 구부러져 있다

한 걸음 한 걸음이
노을처럼 힘들다

그 곁,
베어진 나무뿌리 그루터기

문어발 같은 자세로
텅 빈 잔디밭 화단에 덩그러니 내팽개쳐 놓여 있다,

족히 100년은 넘게 살다 간 생명 같다

어느 날
누구에게 베어짐을 당한 뿌리

흙 위로 도두라져 나온
낡은 근육들, 굵직한 발들

들비둘기들도
잠시

그날의 쉬어 감을 즐기곤 했겠다!

2
노을빛이
오늘을 지우며 어둠으로 사라져 가는 순간이다

만원 버스다

할아버지 여기 앉으시죠? 한다

초등학교 6학년쯤 되어 보이는 사내의 복숭앗빛 밝은 얼굴

그냥
앉아 간다

어쩐지 미안하다

퇴근 시간이라
버스는 파도에 밀려 쓰러졌다 일어난다

용천 마을 정류장이다

그 학생도
나도 동시에 내린다

황혼이 흔들린다
가로수들 사이로 그러나 고맙다 아름답다

어머니

그 님

함박 동안童顔으로
웃으신다

트리토니아꽃* 피는 올레 입구까지 걸어 나와 한참을
기다리시는 어머니!

어머니는,
태양이다
봄꽃이다
봄 향기 그윽한 땅찔레꽃이다 양지바른 봄볕이다

어머니의 어머니
그 어머니의 어머니 어머니의 어머니이다

온 밤을
각지불* 켜 놓으시고 기다리시는 어머니의 어머니이

다

꾸지뽕나무 가시 돋친, 높새바람 불어오는 길목

반기며 나를
안아주는

함박 동안의
나목裸木이시다

* Tritonia crocosmaeflora 남미 원산의 귀화식물.

* 도자기로 만든 등잔불.

어판장

수평선 너머, 아득히 보이지 않은 그 너머
바다와 육지의 경계가 있다

다시는
돌아갈 수 없는 바다

잡혀온 놈들은 눈알 부릅뜨고 작금을 노려보고 있다

새벽녘부터
왔다 갔다 하는 놈들

곗눈질과 곗눈질 사이로
손가락과 손가락 말로 아침의 바다가 출렁인다

젊음이 싱싱하다
참돔 옥돔 갈치들의 눈들 반짝반짝한다, 어판장 가득 들어차 보고 있다

좌판에 앉아
몇 개의 비늘 조각에 겹겹 층을 도려내는 노모

사방으로 튀어날리는
날랜 지느러미 비늘 물갈퀴 어귀의 귀볼들

칼과 갈고리는
누구의 평생 길들여 쌓아 놓은 튼실한 층을 순간 도려낸다

오늘의 내장도
달래며 사연을 도려낸다

그 위에
소금을 뿌린다, 한 생을 흩날린다

비닐봉지에
고기의 눈과 생生의 향기도 넣어 한 사내에게 건네준다

제주의 가을

곶자왈이 익는다 오소리가 어슬렁거린다 밤나무 감나무 억새밭 틈새로 돌빌레 가을이 빨갛게 익는다 그는 한 겨울이 무섭다 지금 무얼 찾아 먹어야 한다 살찐 몸으로 바람 소리 잘 들리지 않은 동굴의 잠에서 혹한의 추위를 곰같이 잊어야 한다 산길 따라 족제비들도 저마다 갈 길이 바쁘다 청미래덩굴도 하늘타리도 갈색 잎 글씨로 점점이 한 해의 회고를 알리고 산벚나무 덜꿩나무도 붉은 잎으로 지나온 길을 하나둘씩 떨어뜨린다 밤나무가 서 있는 돌빌레의 외로운 틈 사이를 어젯밤 오소리가 다녀간 흔적이 흔하다

산촌 노모는 초가집 문틀 붙잡고 깊어지는 가을 숲 돌빌레의 외로움을 동경하며 쳐다본다 올해의 초가집 새*는 어디서 구해 올꼬? 하는 단풍잎 물음이 그녀의 앞섶에서 펄럭인다

30대 청춘
그때 그 시절, 있었다

곶자왈 외곽 가장자리 돌빌레 틈샛길 따라 소떼 행

렬이 띠의 물결 속으로 잠긴다 칠순 마부가 소떼를 몰며 올해는 언제쯤 저 자유를 겨울의 우리에 가두어 놓아야 하나?

들녘에
띠의 파도가 출렁인다

* 새: 초가지붕을 이는 "띠"의 제주 방언.

새봄, 아름다움의 미학美學

태풍이 지나면서
두 갈래로 찢어진 나목裸木, 오늘은 가지에서 활짝 꽃을 피운다

발버둥 쳐,
그곳을 버텨낸 생지리生之理

아니다, 나무는
한순간까지 꽃을 피운다

벚나무, 매화나무, 감나무, 동백나무의 고목 모두 언덕 위에서
간난艱難을 이겨내려 애쓰는 새싹 가지

그러다
병들어 죽는다

그는
지금 꽃을 피우려, 새 잎을 돋운다

그러고는, 하늘하늘

바위 절벽에
봄꽃을 그려 놓는다

달

1
우리가 있는 곳에 저 달은 있다[1)]

달과
나와의 거리가
오늘은
0m이다

달은 나를 보고
나는 달 보며 걸어간다

그는 무슨 말을 하려다가, 한참을 서성이다가
눈을 지그시 감는다

그러고는
앱을 닫는다

2
달님은

잊으려고 노력한다 바람 부는 날이면, 그때를

신작로 너머, 신산모루[2] 너머 산 너머 밝게 떠올라
지나온 길을, 산들을 하나둘씩 끄집어 낸다

짧았던
너와 나의 어두운 강을 비춘다

온 세상에
환한 달빛을 비춘다

그는
오늘도, 힘든 동산을 넘어간다

1) whenever the moon we're in 한 여인의 슈트에서 인용

2) 옛 제주시 사라봉 남쪽 면 위치한 하늬바람 거세게 불어오는 곳

지금도 가슴에 시를 쓰는 여자

어릴 적
뒷동산이 달려온다

둥지를
떠나온 45년, 여름날 오후

숨겨놓은 4.3사건 신문스크랩 몇 조각, 주인 잃은 누런 고서, 아들딸 함께 찍은 빛바랜 사진 몇 장, 그이 앞 밥 한 공기 올려놓던 놋사발 한 벌, 추운 겨울 얼굴 마주 보며 정 담아 쬐던 오래된 숯불 난로, 늘 방안 걸어놓고 보는 참새 그림 한 점, 시집올 때 가져온 낡은 경대 한 벌과 누런 반지 한 벌, 둥지처럼 그이 옷 담아 간직해 오던 오래된 소나무 궤짝 하나, 어릴 적부터 소중히 감추어 두었던 어머니의 손글씨와 빛 잃은 그날의 유품들

뒷동산은 그날처럼
오늘도

소들이
능선의 풀을 뜯고 있다고 한다

지금은 시로만 남아 떠도는 것들

, 어~데로 가는가

싸락눈 내리고
하늬바람 불어오는 연동 뒷길 모퉁이 한밤
술 취한
한 사내가
담팔수 발등에 앉으며
말을 건다
길을
걷다가 가다가
나 몰래
정지된 발
한 개비에 불을 붙인다
암튼 좋겠다
후회도, 고민도, 사랑도, 원망도, 새끼의 ?도 모르니
너는 좋겠다
오늘을 산다는 것, 밤새 험난한 오지를 혼자 짊어져 걸어가야 하는 것 어떻게 건너가야 하는지를 너는 몰라서 참 좋겠다

싸락눈 위에

길은 고요, 취해 길가에 나가 뒹군다

빨갛게 물들어 가는 담팔수 한 잎, 두 잎

한밤의 깊은 고뇌와 침묵

, 어~데로 가는가…의 한 가락 허공에 울려 퍼진다

새치로 간간이 물든 잎들을, 바람은
또 한 번 클로즈업한다

그 집

풀밭에 날아와 앉아 하루를 보내는 방아깨비처럼, 멀구슬나무 하늘 가지에 앉아 구슬피 울어대는 말매미들처럼 또 하루가 저무네, 능선을 타고 올라가야 기다리는 집이 있는데 얼마 걸어오지 않았는데 하루 해가 저무네 내 앞엔 갈 길 먼 바람만 부네

휘어진 언덕 길

동산 능선 몇 굽이 돌고 돌아 좁은 길 앞 산 보며 투덜대며 투덜거리며 걸어왔는데, 앞장서 서둘러 가야 한다고 빨리 일 끝내고 가야 한다고 힘들여 걸어왔는데 벌써 하루 해가 저무네

갈 길이 아득한데 해가 저무네

언덕 넘어 기다리는 집이 있는데

앉아 좀 얘기하자고,

나와 함께 걷던 조릿대도 여기 앉아 잠깐 쉬어 가자고 그러는데 벌써 해가 저무네

앞 산은

나를 여기 붙잡아 앉히네

능선 위 올라가야 기다리는 집이 있는데, 나무 밑 소슬바람도 발밑 시냇물 돌담도
나를 당겨 앉히네,

나를 당겨 앉히네

황근黃槿

만덕 할망 객줏집 초가지붕 추녀 밑에 핀
노란 무궁화
일찍이 해안가 돌 틈에 나고 자라, 몸으로 익힌 가뭄
온종일 내리쬐는 뙤약볕을 온몸으로 맞선다
청초清楚한 꿈을 안고
생을 이어가는 노란 무궁화
오늘은, 탁주와 쓴소리를
꽃잎 술잔에 가득 부어 넣는다
소복 입은 배추흰나비도 술상 너머 날고 있다

한 철 피고 지는
돌 틈의 노란 무궁화

거친 세파世波 속
5겹 황색 삭과와 꽃봉오리를 가뭄의 정부에 매단 채

허공에
하늘하늘 춤을 춘다

감꽃

어머니,

올해에도
감꽃은 피고, 가지마다 감을 영글게 맺히고 있습니다

어릴 적
불량한 세월이 날아가
꽃이 된 오늘

청호반새가 날아드는
시골집 처마 위 감나무 가지에 은하수 등 걸리었습니다

햇살 바람 불어오는 뒤뜰

올봄에도
어머니가 지어주신 감옷 입고,

그이와 함께
감꽃을 만져봅니다

하바네라

푸르른 일요일 아침
어디서 한 마리 새가 날아와 주기를 기다리는 한 그루 구실잣밤나무이었으면 좋겠습니다
그대 눈동자처럼 반짝이는 햇살과 흔들거리는 수많은 잎들과 그저 바라만 봐도 좋은 누구를 기다리는 아침의 나무, 재작년 이사 온 집시의 동백나무도 저렇게 빨간 길들일 수 없는 새의 꽃을 피우는데 그대 곁 작은 꽃 한 송이 밀어올릴 수 있는 아침의 나무이었으면 좋겠습니다
허름한 가지 돋아난 꽃 밀원蜜源 하나 믿고 어디서 호박벌 하나 날아와 앉았다 가면 좋겠습니다

그 자리, 작은 밤톨 알맹이
하나 영글게 맺혀주면 좋겠습니다

저물지 않은 오늘이
오래오래 걸터앉았다 갔으면 좋겠습니다

하바네라(habanera)*

* 하바네라(habanera): 오페라 카르멘 사랑은 한 마리 들새 결코 길들일 수 없는 것 중에서.

갈색 잎들

모바일 폰이 울린다
엊그제 만났던 동창이 가지에서 툭! 떨어져 나간다
지금은
중추仲秋이다
여름까지 그렇게 푸르르던 갈색 잎들
한 밤 머물다 가면,
휑하니~ 하나씩
어디론가 누군가 데려간다

눈 깜박이며
가지엔 몇몇 열매들만 매달려 있다

빈 하늘만 쳐다본다

모두
기다린다, 내일을

하늬바람이 곧 불어올 것이다

소금산 출렁다리

갈참나무 단풍잎들이
살고 있었다

산산이 부서지는 흙들을
붙잡으며, 손끝으로 손끝으로 서로 마주
포옹하고 있었다

소금강 강원 갈현 산골마을

달이
　뜬다

엄마처럼
반겨 맞아주는

절벽과 절벽을 이어주는 허공의 출렁다리
있다

일개미처럼

누구는 비탈진 경사를 오르고 또 오른다

저 멀리
땅 아래 s자 강물이 흐른다

오늘도
달려간다, 어디론가 미지未知의 길 물으며

제2부

달 1

결이가 보내온 복숭아 몇 알, 보름달 같다
달을 씻는다
달을
닦고, 껍질을 벗긴다

달의 바다深海, 검붉은 침묵의 크레이터가 그 안에
박혀 있다

부분월식이
빛을 발하는 밤

나는
애월睚月 한 조각을 줍는다

밤이
지나갈 무렵

달은
한동안 떠올라 방안을 밝게 밝히다가
한순간

하현달로 그 모습을 바꾼다

또 한 번, 내일
보름달이 뜰 것이다

백신

온 세상이
백설白雪로 덮여 있다
꽁꽁 얼어붙은 겨울 산 계곡 능선을, 그 위 풀잎 하나 복수초 꽃피운다
제 몸 주위 0.034m^2 쌓인 눈 녹이며
2월의 아침
해맑은 얼굴로
칼바람 불어오는 골짜기 낙엽 진 숲속 가장자리에서
꽃은,
온 세상에 동그란 얼굴을 내민다

맑고 밝은
그 모습

해님은 어젯밤 코로나 소식 들려준다

3월 대한

백두산 천지의 장엄한 산하를 바라본다
허공에
날리는 눈발
카노푸스*를 처음 보는 순간이다
산정山頂을 찾아온 많은 눈들
한순간이 뜨겁다
북풍의 하늬바람도, 산등성에 앉은 잔설도 저 멀리 찾아온 청춘의 햇살 들도
설레이는 3월 대한 찰나의 순간이다
쌓인 눈 녹이며
물결쳐 오는 산하를 바라본다

아직 피지 못한
진달래 필 때를 손꼽아 기다리는

반도의 새봄을 여는 영롱한 순간이다

* 카노푸스canopus: 천하가 안정되고 평화가 찾아오면 밤하늘에 남극노인성이 보인다는 별.

꿩알

새봄
억새 뿌리 숲 근처 둥근 숨소리가 들린다
모나지 않은 얼굴들
어미 품이 그리워
아직
너도 나도
세상을 모른다
햇빛 비치는 늦은 봄날 들녘
어미가 갑자기 공중으로 날아오른다 근처 고사리 숲 1m 위로 날개 부러진 척 꼬꾸라진다 앞에 있던 목동 뛰어간다 어미는 또다시 뛰어올라 저쪽으로 꼬꾸라진다 토 아니면 모의 한 판 같은 오늘 봄 동산에 펼쳐진다

일찍 피어난 고사리 가랑이 사이로
햇살 달려와 앉는다
찬 바람도
그 사이 달려와 앉는다

띠 숲속에서

모나지 않은 나직한 음성으로 노른자에게 말을 건다 나는 오늘부터 너의 두근거리는 심장과 매의 사냥을 수시 피할 수 있는 총명한 지혜와 누구한테도 떨어지지 않은 예리한 눈과 민첩하게 하늘을 날 수 있는 튼튼한 날개와 때론 위급할 때 땅을 발로 걷어차고 단숨에 저 멀리 달려나가 풀숲으로 숨을 수 있는 용기와 다리를 너에게 헌납하겠다고 한다

어미는 풀숲에 숨어서
쿵쾅거리는 심장과 공포로 한순간이 길다

마룻바닥과 창 사이

문턱이 없어야 기어가는 저 로봇
어제도
오늘도,
기어간 곳을
또 기어가고 있다
가고 싶은 곳 찾아
버튼 하나로
가기도 하고 서기도 한다
있던 자리,
티끌 하나 남기지 않으려고 애쓴다

아파트 창밖 정원의 먼나무 직박구리 한 쌍 날아와 소곤댄다

마룻바닥과 창 사이 로봇 기어간 자리
따스한 햇살 달려와 앉는다

나는, 그 햇살
살포시 손으로 만진다

사리 한 알

백련사 가는 길 청자색 맥문동 꽃
밤에도
환한 연등을 밝힌다
어두운 중생 찾아
108배 참배하며

꽃은
어둠에 향을, 침묵의 결가부좌結跏趺坐로 앉아
밀려오는 해풍海風을 손으로 반기며 안는다
낮은 자세로 앉아
향을 잎 속에 감춘다

잎 안에
사리 한 알, 떨어져 있다

바늘귀

아침부터 바늘귀를 꿴다
넓은 대지에 마파람이 스산하다 오늘 기워나갈 밭이 넓고 험하다 헤어진 고랑 위 지나온 이랑이 비뚤비뚤 하다 구석진 돌밭 나지에 천 몇 조각을 갖다 붙인다
블랙커피 한 잔 한다
해는
중천에 걸려 있다

또다시
바늘귀를 꿴다

가파른 능선만 보인다
힘들여 박아온 트랙터 바퀴는 오후에도 덜커덩거리며 새까만 한숨만 연통 밖으로 푹푹 토해낸다
그래도
박으며 가야 한다,
물 한 모금 마신다
차도 한 잔 한다
시원한 바람 불어온다

오늘 달아나기 전 닳아진 옷을
다 박아야 한다

어쩌다 생生의 바늘에 찔렸는지 등허리가 좀 아프다

모정母情

외로운 지팡이 지고서

온종일
당신은
물 위에 피어난 한 송이 연꽃이었습니다
동녘 하늘 바라보며
늘 맑은 꽃을 피워내야 하는
운명의 연꽃이었습니다
진흙 펄 위
마파람 시골 동네 어귀 지나갈 때
몸부림치며 파도치며
한평생 지켜낸 가난 비바리 연꽃이었습니다
때론, 가뭄의 길목에서
나 홀로
울며 새기며,
산촌山村에서 속으로 속으로만 다짐하는 운명의 꽃이었습니다

이제 펄 위

당신이 던져 놓은 빛 바랜 연자 한 알

남 몰래 싹 틔우며
어린 연자 몇 알 맺힙니다

징검돌처럼

걱정스러운 눈망울로
우리 안 어미 소가 갓 태어난 송아지를 바라보고 있다
어제도 오늘도
경운기 소리 뚝, 끊겼다
아침마다
우렁차게 들려오던 그 목소리,
콩밭 가는 길 자기 몸 반쯤 물에 담기어 우리를 넘겨주던 그 징검돌처럼
어느 날
천둥 번개 불빛 사이로 사라진
무적無跡.

그래도
개울물은 어딘가로 흘러가고 있다

허물

멀구슬나무꽃 진 여름 어느 날
소나무 둥치에 허물 하나 달라붙어 있다
7년의 수도 끝에
밖으로 걸어 나온 노승
소나무 등피를 타고 거북 등 같은 세상 밖으로 걸어 나왔다
참 삶의 인내를 맨발로 선보이는 노승
험난한 속세 찾아
구도의 먼 길 나선다
오늘도, 심야深夜 소나무 등껍질 밟아 가며
알몸으로
하늘로 향하는 길을 오르고 오르다 한순간 멈추어 있다

앞장서 걸어가는 노승

저만치
혼자 기어가고 있다

염호

서울 밤바다
활주로 위로 철새 한 마리 내려앉는다
모래 언덕 너머
고깃배 불빛이 찬연하다
반짝이는 수초 파도 너울이 깊다

섬
바닷가 바위 틈을
방문객 발길들 넘나들고
염호에 갇혀
허둥대는 고등어 한 무리
왔다 갔다
하는

가던 길을 가다, 되돌려

밤바람은
인내忍耐를 지워버린다

객실의 밤바다

객들을 유혹하는 오징어 집어등 불빛

붉은발말똥게 한 마리

바위 틈에서,
한 사냥감을 노려보고 있다

무정란

노란 발들 보인다
대광주리에
어저께
시골에서 올라오면서 갖고 온 노란 님들
숨어서 슬쩍
나를 본다

오늘도,
님들은 깨어나지 못하고

둥우리에 무정無情의 란卵으로 남아 있다

감귤나무는
갈바람으로 나뭇잎을 흔든다*

그들이
성숙하기를 기다린다

한 여름 내내

어린 란을 밤새 참 알로 키워 놓는다

찬바람 불어올 때

서울로 그 집에, 시집을 보낸다

* 오영미 님 시에서 인용

능금나무

바람은 왔다가
못 본 척 눈을 감아버린다
능금나무 가지에
국회 예산심사 열리는 날
능금알을 보며
한 쪽에서, 사과하라! 사과하라!
        사과하라!
                    외치는데
주인은 못 본 채 눈 뜨고 외면한다

날씨는 맑지 않고,
서늘한 바람만 분다

해님은
응달과 양달의 기울기를 달고 산 넘어 산 너머로 가고 있다

궁금하다
능금나무 가지가 한없이 구부러진다
가도 가도 협치와 삿대질이

더 구부러진다

한두 달 나면
저 잎들도 모두 단풍 낙엽 지겠지!

독수리 한 마리
뒤뜰에 노는 노란 병아리들 없다, 여의도 상공을 날고 있다

소학당小學堂

바람 부는 청송림青松林,
어미 새가 그곳에 둥우리를 짓는다

시베리아 아무르, 우수리 지방에서 서사로*숲으로 날아든 관학鸛鶴
하늘 집에 태란太卵을 낳고
소학을 품는다

강 건너 광양 고을 언저리 LED 조명등 아래 랩송이 흘러나오고, 길거리 붕어빵을 구우며 한 밤의 추억을 파는 김 씨의 하루가 있다 막노동 공사판을 떠돌다 발길 취해 갈지자로 흥얼거리며 걸어오는 50대 박가의 발자국, 등록금과 용돈을 벌기 위해 먹자골목에서 하얀 천 두르고 아르바이트하는 이 군의 밝은 눈망울 있다 시청 후문 인도에서 시골 버스를 한없이 기다리다 지친 월평동 새댁의 나들이 얼굴, 한순간 낯 선 사람들을 태우고 어디론가 막가야 하는 버스기사의 숨죽인 네 바퀴 얼굴과 거친 호흡 바쁜 발꿈치가 있다

오늘 B.C. 500년 그날의 해가

제 자리 돌며 광양 고을에 빛을 발한다

서사로 황야
묵정밭 풀잎 사이로 산 노루 장끼 까투리 꺼병이 함께 거닐고 있다

* 서사로: 제주시 삼도 일동에 위치한 길

메밀밭

달빛이 출렁이는 가을 메밀밭 그 꽃 위를 밟고 걸어
그이를 만날 수 있다면 소원이 없다네
메밀꽃 바다, 넓은 들판에 앉아
내 사연 전할 수 있다면
나는
순간에 묻혀 죽을 수 있다네

달나라에서 보내온 하얀 메밀꽃 향기 출렁이는 바다
그 위 그이와 손잡고 거닐 수 있다면
나는
끝없는 순간에 묻혀 죽을 수 있다네

메밀밭 둔덕에 앉아
이 밤 밝도록

내 사연 전할 수 있다면

한없는 꽃잎 물결 출렁거리겠네

쉰다리의 꿈

밥알이 저기 있다, 우리의 꿈이, 생生이 나아갈 세상이 저기 있다. 끈적 끈적하게 달라붙어야 해, 빨간 사상줄로 완전무장하고 한 번 쳐들어가면 깊숙이 사방 쫙 퍼져서 이곳저곳으로 남몰래 침투해 들어가야 돼, 침투조 어디 있어? 이리 와 봐, 오늘 밤은 어느 동네를 공격해 볼까, 밤늦도록 모락 모락 연기 피어나는 입맛 돋우는 한곳을 살펴봐, 자네는 저쪽 나는 이쪽 그리고 그네들은 담장 너머 저 캄캄한 밥알 쪽을 살펴봐 갈 길이 아득하기만 해 시간이 없어 따끈따끈한 아랫목 밥알에서부터 남동풍이 썰렁썰렁 불어젖히는 조밭 매는 조밥 밥알까지 그리고 건넛마을 큰 폭낭[1] 아래 노인들 점심 양푼 그 깊은 곳까지 단숨에 쓸어버려, 우리 훈련받은 노동당 침투법 알지? 침투조가 쉬고 갈 시간이 어디 있어 가서 무참히 밟아 버려 거기서 뭐 있으면 아무거나 쥐어 먹고

이 새끼 봐, 아직도 사상이 덜 됐나 보지? 혁명동지로 인정받으려면 총칼 없이도 죽창과 쇠꼬챙이로 밥알 깊숙한 곳까지 침투해 들어가 반항하는 자들을 모조리 찔러 죽여버려 그리고선 언제든지 야반도주夜半逃走할 수 있는 배짱과 담력이 있어야 해 우리에게 형

제 부모가 어디 있어? 우리 앞에는 득실 득실대는 균들뿐이야 다른 균들이 득시글거리는 캄캄한 밤이 더 좋지, 낮에는 경찰 개네들 가끔 동네 한 바퀴를 휘젓고 다니거든 개 새끼들 왠지 기분이 안 좋아 너희들 잘 들어 반항하는 자들은 눈 딱 감고 한방에 날려버려 그리고 한마을을 습격할 시는 은폐 엄폐하면서 사방으로 쫙 퍼져 한순간 온 동네를 쑥대밭으로 만들어 버리는 거야 개새끼들 항복을 안 하거든 무참히 찔러 죽여 버려 그때부터 우리 세상이 오는 거야

어느 날 캄캄한 밤

중산간 한마을에 불빛 하나가 확 사방으로 퍼져 나간다.

이 집 저 집 모든 초가들이 순식간에 불바다가 된다. 개새끼들 잡 새끼들 하는 소리가 여기저기 굴러 다니고 죽창 수십 개가 뛰쳐나오는 개미들 한없이 찔러 죽인다. 그러고는 청년 개미 여자 개미 우영팟[2)]에 매어 있는 황소들까지 모조리 끌고 간다. 한순간 뒤뜰의 대밭竹田에 숨어 두려움 떨며 숨죽인 밤을 지새우는 어미 개미들, 울음소리 새어나는 새끼 개미들의 입을 손으로 틀어막는다.

해안가 마을에서는 한밤중 전방에 배치된 개미가 보초를 선다. 잠깐 졸았다. 주위가 웅성웅성거려 깨어 보니 여러 붉은 곰팡이들이 바로 코앞까지 침투해 와 있지 않은가? 찰나의 순간 아무 생각 없이 그 곰팡이들 번져가는 곳으로 그도 모른 척 기어서 달아난다. 조금 후 동네 어느 개미집에서 붉은 곰팡이들 휘두른 죽창으로 젊은 남정네 개미 한 마리가 피투성이 체로 공중에서 펄떡펄떡 튀다 손을 멈춘다.

30년 날아간
폭낭 아래
한여름 중산간 마을 여러 개미들 한데 모여 그 시절 더듬으며 빨간 곰팡이가 만들어낸 그 날의 쉰달이[3]를 먹고 있다.

1) 폭낭: 팽나무를 일컫는 제주 방언

2)우영팟: 농촌 마을 집 뜰의 농사짓는 땅

3)쉰달이: 한여름 농촌 마을에서 밥 쉬어 먹을 수 없을 때 누룩을 조금 넣어 발효시켜 만들어 먹는 제주 토속 음식

로렐라이 무인카페

도두봉 길가
한 여인이 창가에 앉아 피리를 불고 있다, 로렐라이 무인카페
태양을 안고 지는 도두봉
점점이 뻗어 나간 바닷가 북녘의 작은 섬들
긴 머리 가느다란 허리, 저음으로 들려오는 못갖춘 마디 한 소절
낯익은 미음으로 박혀 있다

노래는 몰래물 왔던 길로 되돌아간다

도두봉 구석 모퉁이, 누워 있는
한 사람과 비석 한 개
빛바랜 회색 돌담
그 옆을
지나가는 발자국 소리 있다

몰래물[1] 원담[2]에 가두어진 잔물결
그날의 고기는 가버리고

도두봉 비탈의 띠들 쥐똥나무 소나무만이 서걱대는,
들려오는 한 여인의 피리 소리를 듣는다

1) 몰래물: 제주 도두동 해안가 바닷가 샘물이 올라오는 곳

2) 원담: 바닷가 돌담을 축조해 놓고 썰물 때 고기를 잡을 수 있게 만든 곳

청동기 삼양동 해수탕의 하루

구레나룻 수염을 한 작달막한 키, 울퉁불퉁 튀어난 팔목의 이두박근과 어깨의 삼각근, 한곳을 집중하여 바라보는 동그란 눈과 까만 눈썹, 알몸으로 화살촉 하나씩을 가지고 물속을 거니는 탐라국 선사로 2길의 토기인들

손에 모살치* 몇 개를 칡넝쿨에 꿰어 매달고 물속에서 이방인을 살짝 내려본다

물 밖, 한중막 움집에서

하얀 연기가 새어 나온다

금방 잡아온 산 고기 몇 다발을 설핏불*에 굽는 모양이다

한순간 뿌리치다 뿌리치다 잡혀온 미지의 짐승들, 한라산 기슭 벽면에서 해체되고 있다

화살촉과 돌도끼를 닦으면서

무서운 눈초리로 바라보는 한 토기인

물결이 탕 너머로 도도하게 흘러간다

청동기에 내리쬐던 햇살도 탕 안을 살짝 들여다보곤

달아난다

해수탕을 나서자
야생 철멧돼지 한 마리 내 앞에 잠깐 섰다가 황급히 빌딩 숲속으로 달아난다

* 모살치: 해안가 모래밭에 사는 발같이 생긴 납작한 물고기
* 설핏불: 산야의 죽은 나뭇가지로 지피는 불

제3부

해님이 그의 눈에서

1
탄생이다, 이른 봄
매화꽃 봉오리가 새벽잠 깨우듯이 봉긋이 떠오른다

이른 동녘, 그 님이
터 오듯이

그 님이 태어난다

그의 눈에서, 겨울 눈 찬 서리 맞아가며
순수한 빛깔로 청아하고 한라산 직박구리 소리 품은
해맑은 음성으로

그는
성큼 앞에 나타난다

오랜 기다림
10달의 해맑은 태아처럼

엄마 품에서 조용히 말을 걸어온다

2

시심詩心을 찾아간다
누가

광활한 하늘을 날아서
그곳 어디인지도 모르고 무작정 찾아간다

가다가 지치면 잠깐 바다에 쉬어 내려, 또 기어서 땅을 밟아 올라가
나뭇가지에 걸터앉아 지나온 길을 내려다본다

그곳에서

그는
하룻 밤을 묵고 간다

가며, 쉬어가며 또 가며

어느 강가에 내려앉아

물갈퀴로 오늘을 저으며 물어간다, 그리곤 어디론가 날아간다

해님 떠오르는 나뭇가지에 앉아
밤이슬 떨어뜨리며,

그는
사물事物에 젖는다

아직은 덜 익어서 떫다

쓰고, 배고프다

단풍이 물드는 초가을 언덕처럼
감나무 가지에 매달린 덜 익은 홍시처럼

이 밤 지나가야
제맛이 들 것이다

어떤 행운목

물컵 하나에 평생 그 속에서 살아가야 하는 행운목 한 그루, 어디를 찾아봐도 돌아앉아 누울 자리가 없다 그에게 주어진 것은 전등 불빛과 공기 그리고 0.01평방미터의 공간뿐이다 간 밤에도 잠을 깊게 잘 수 없었다 더 이상 물러설 자리가 없다 그래도 발을 뻗쳐 살아가야 한다 갈매기가 허공을 날다 쉬고 싶을 때가 있듯이 그도 새로운 햇빛과 공기, 누구와 상의하면서 의존하면서

어떤 흙과 함께 오늘을 살고 싶다

꽃

고산 중턱에 피는 꽃 있다, 산 개울물 곁에서 제비꽃 하나 둘 모여 온동네를 만든다
이 산 저 산 능선에서
봄 안개 능선에서
꽃은
소리 없이 피고, 진다
그 님 찾아오는 모습으로
해맑고 싱싱한 향기 나는 풀잎의 꽃들을 이산 저산 능선에서 흔들거리며 마주 보며 핀다

고깔제비꽃, 가는잎할미꽃, 진달래꽃, 광대나물꽃, 고사리 아주머니꽃마저 양지에서 부르며 부르며 싱그럽게 핀다

애기원추리가 고산 중턱에서 엄마를 부르며 꽃을 피운다

누구를 기다리며
꽃들은 능선에서 마주 보며 봄꽃을 활짝 핀다

여린 가지 새 생명 열리며 새벽녘부터 어린 꽃을 피운다

거미

해와 달을

하룻밤
공간과 공간 사이로 빗겨 내리고
정井과 정의 집을
잇는 거미
줄과 줄 사이로 오늘을
엮혀 낸다

정과 정情 사이 바람을 통과하게 하고

한 생生
그곳, 매달아 놓는다

길고 긴 밤이
누군가 흩고 다녀갔던 밤이
밤늦도록
떠나가는 달 붙잡으며 끈끈한 바람의 줄을 낳는다
한 밤 지나고 나면

또 내일,
거미는
이 자리 나타나 앉아
늦은 밤
누구 기다리며 또 다른 집을 짓는다

온종일
, 비장祕藏에 숨어 하루를 기다린다

젊음

집채만 한 파도를 안고 그는
달려온다
, 한순간
그 자리 멈춰 선다
펄럭인다
꿈과 젊음이
명일明日의 꿈이
갈매기들처럼, 해초처럼
해안가 모래톱에 수없이 요동친다
또 한 번
절벽에 부딪친다, 하얀 거품이 물보라 친다

그들도
지금이 소중하다

한순간 매우 바쁘다

펄럭인다
또 한 번 도전하는 파도가

넓은 바다에 거세게 물결친다

4.3 그날이

올해도
벚꽃은 활짝 피고 밤마다 진다
얼굴 마주 보며 가지 위로 굼실거린다 하늘하늘 하늘 보며 너도나도 춤을 춘다
한때 젊음이
잃어버린 마을 고사리 같은 물음이?
밤 하늘 눈꽃처럼
몰래 와서 핀다

그날의
함성이 들려온다
삶과 죽음을 노래하는
꽃과 꽃송이들
허공에 떠돌다 해진 그 자리 지친 메아리로만 남아서 들려오는 잊힌 발자국들
지금쯤
등 허리 굽은 고사리 되어 어디서 무얼 하며 또 다른 생生을 달고 있을까?

오라 별의 밤 하늘

까만 돌담과 대숲 귀퉁이에서 벚꽃은
오늘도
이 밤 몰래 와서 핀다

정말 미안해요

엄마 엄마 울 엄마 하늘나라 계신 울 엄마

정말
미안해요

지금쯤
어디서 무얼 하고 계실까?

궁금해요, 보름달만큼이나

용돈 한 번
잘 못 드렸네요

버거스란 놈이 어느 날 갑자기 달려와 밤새 엄마 속을 태우다 태우다 저 멀리 달아났지요
우렁각시도 함께 달려와
울다 울다 돌아갔고, 뻐꾸기도 언덕 위 무목茂木에 혼자 앉아 지쳐 울다 아침녘 날아갔지요

태양은

다시 떠오르지 않았다

만나고 싶어요

님은
천사요

님 엄마
우리 엄마

하늘나라에 계신
님 엄마

노모 1

1
봄 동산에서
망텡이 짐을 지고 가는 노모가 있다, 간헐적으로 내리는 안개비와 마파람 가슴 한가득 끌어안은 고사리와 굽어 있는 등
새 풀잎과 가시덩굴 풀밭이 노모의 바짓가랑이를 잡아당긴다

하루 해가 짧다

2
이제부터 시작이다

새 꿈의 풀잎과 지저귀는 저 소리를 들으면

노모의 눈은
절망을 포롱포롱 날며 내일을 새 순筍으로 피워낸다

온종일
꿈이 꺾인 동산에도, 산 넘어 온 세상으로

고사리는 새 잎을 편다

천년의 안가

고작 0.25평, 그곳은
천년의 안가

나 혼자만이 아닌
둘이
영원토록 살아갈 안식처

모두
기도를 한다

바람도 잠시 묵언이다

햇살도, 생生도
구름 속으로 숨는다

모두
떠난 뒤 발자국만 남는다

남의 봉분 위로
야생 게걸무꽃이 오색 칼라로 화려하다

오름

오름 위에 오름* 있다
그 안에 굼부리도 있다

아래에서는 볼 수 없는 정상 저 멀리 바다도 하늘 끝 초원도 호수처럼 보이는 정상 어느 날 까치가 와서 버럭 똥을 싸서 날아가도 반갑게 맞아준다 정상에는 많은 것들이 올라와 있다 세상을 날다가 힘들면 쉬어가는 새들의 자귀나무도 있다 한 그루터기 혈족을 자랑하며 평생 함께 살아가는 떡윤노리나무도 있다 저 홀로 띄엄띄엄 혼밥 생활을 즐기는 쥐똥나무도 있다 한평생 날카로운 잎새로 남에게 힘을 과시하는 억새의 고집도 있다 남의 등을 올라타 군림하며 저 혼자 꽃피우며 잘 살아가는 덩굴의 칡도 하늘타리도 있다 자기 열매를 모두에게 나누어주는 양순이 산딸나무 보리수나무 상수리나무도 있다 남의 병을 치료해 주는 효험의 약쑥도 있다 마디 마디 굴곡의 길을 걸으며 한 생生을 살아가는 팽나무도 올라와 있다

정상으로 올라가는 능선에는 방문하는 자의 힘든 가슴을 미리 읽어주는 미로의 숲길도 있다 앞에 걸어간

사람의 발자국을 뒤에 가는 사람이 밟으며 걸어가야 하는 길 마음과 마음을 열며 읽으며 함께 걸어가야 하는 길, 여기 있다

늦여름 매미소리가 우진제비오름 주위를 감싼다

하루살이도 죽기 전에 판독해야 할 세상이 더 있는 것처럼 오름 능선을 열심히 날며 모스부호를 풀고 있다 호랑나비도 잠자리도 빈 하늘을 오르내리며 순간을 판독하고 있다

* 오름: 한라산 능선 광활한 지역에 군데군데 높이 솟아 있는 조그마한 산봉우리

고사리 새싹 바람

망아지도 고사리도 나도 민둥산 너머로 빼꼼히 새 얼굴 내민다

해 떠오르는 들녘
산 너머로 배고픈 포대 걸머지고 새벽 발길 재촉한다

까시낭덩굴* 아래 고사리는 꺼병이처럼 숨어 있고

꿩각시 동산 아래
까투리는 숨어서 오늘을 숨죽이고 있다

종다리 하늘 높이
소리지를 때쯤

마주 보며, 망아지처럼 봄 풀 뜯어 먹으며

너와 나
진달래꽃 머리 이우며 그 동산을 내려올 것이다.

* 가시나무의 덩굴을 말하는 제주 방언

오크 벨리(oak valley) 노스 콘도

강릉으로 날아가다 잠깐 앉아 쉬고 있는 원주 산골
구름 한 조각

오크 벨리 노스 콘도의 한 남자
산장에 앉아 있다

산은
침묵이다

, 그대를 쳐다본다

자작나무, 졸참나무, 잣나무, 다래, 숲들 모두 묵언
默言으로
한통속이다

콘도의 몇 친구들과 함께
아침녘

소금산 막국수 생각이 나나 보다

흑돼지 발자국도
아침 일찍부터 참이슬 아래 머물다 돌아갔고

까마귀 몇 마리가
잣나무 가지 위 앉아 빤히 그를 쳐다본다

바람도
소나무 가지에 걸터앉아 샘 눈만 깜박인다

단풍도 달려와 구름산과 함께 새벽부터 계곡물을 강월江月 아래로 흘려보낸다

인저리타임

구름에 가려 있던 햇빛 한 조각 달려와 매달려 앉은 창문, 하늘을 뚫고서 내게 온

늦은 생의 쉼표를 반박자 느리게 연주한다

지친 하루를 화선지에 담다가 그리다가 날개를 잠깐 접는

먹글의 인저리타임

커피는 빗줄기가 들어간 채 지워지지 않은 컵 속으로 맛과 향을 소소히 풀어내고 있다

오늘을

백지에 한없이 적다가, 내뿜다가

이제는 관심마저 무덤덤해지는

그러나 오후의 해가 아직 많이 남아 있다

또 하루

기대며 내일을 기다린다

이제는 낮에 입었던 옷을 벗어던져야 할

인저리타임

다리 건너편 어딘가로

날개에 의미를 달아 보자
산지교* 난간에서
수천 번의 날갯짓을 해야 날아갈 수 있는 허공
쿵쾅에는
마음을 다짐한다

날개는, 밖을 향해 뛰어내린다

비상하려 하지만 허공은 날개를 밀어내며
멀리하려 애쓴다

한순간
날개는 뛰쳐올라 큰 소음을 내며 퍼득거리며 날아간다

날개가 날아간 허공
그 아래
개미지옥이 보이는 풀숲 위를 자그마한 연두색 나비
가 날아와 쉬지 않고 날고 있다

날개의 의미?
새벽녘부터 허공의 침묵을 향한 외침의 몸짓

난간을 박차 오른 참새가 소음등고선을 뚫고서
다리 건너편 어딘가로
날며
저 멀리 간다

* 산지교: 제주시 이도이동 위치한 건천의 교량

꽃 한 송이

탐라에서 서울 하늘로 날아온 생화生花 한 송이
상봉 동산에 꽃피운다

연재 꽃 상원이 꽃
2송이 핀다

어디론가 달려가고픈
높은 동산에 서서 능선에 물들며 피어나는 꽃

빙삭* 웃다가, 낄낄거리다가, 저 멀리 꺼리며 달려가 있다가 꽃들은 금세 다가와 무릎 위 앉는다

볼 언저리에

한 손으로
코딱지 밀어내며, 보얀 환한 미소가
달처럼

그 자리 매달려 있다

* 한순간 빙그레 웃는 찰나의 모습, 제주 방언.

고장 난 벽시계

1
가슴이 멍멍하도록
들려오는 시계추 소리가 있다, 고장 난 벽시계*
지금
내 책상 앞에 있다

젊은 소나무와 함께 찍힌 사진 한 장

봄볕 따스한
잔디밭 모퉁이 어느 대학원 졸업식 날
아내는
부모님 두 가슴에 꽃 한 송이를 달아주었다

마파람이 불어와도, 태엽을 갈아 끼워도
그는 고장 나 멈춰 있다

그 자리, 미동도 없다

2
지금은
아프니까 청춘이다
동경의 젊음이다

잊을 수 없으니까, 온 밤을 지새우니까
모두 장닭의 울음이다

다시는,
그 밭으로 돌아갈 수 없는 그날의 추억

어미가
손자를 데리고 놀고 있다

잔디밭 위에서

* 고장 난 벽시계 노래에서 인용.

상사화

멀고 먼 당신이 살고 계신 곳, 꿈속 하늘나라

피고
지고, 또 피고

벌초하는 하룻날
보랏빛 물드는 연한 분홍색으로 피어 둥우리는 우리를 반갑게 맞이하였다

땅속 깊숙한 곳에서 생장점 나와
꽃은,

잔뿌리의 걸어왔던 길을

꽃은 잎을 그리워하고
잎은 꽃을 그리워하나 평생 만나지 못하는 천 길 낭떠러지 같은 인연의 거리

오늘도, 그 자리

기다림의 꽃과 푸른 열매로 소망을 영글며 핍니다

■

해설

실존적 신화 세계를 위한 여정

박진희

김공호 시인이 두 번째 시집 『달』을 상재한다. 시인은 2017년 『시와정신』으로 등단하고 2022년 첫시집 『달팽이 시인』을 발간했다. 등단 전 동인지 활동 기간이 5년여 정도 되니 시를 쓰기 시작한 지 10여 년 만에 첫 시집을, 그 1년 뒤 두 번째 시집을 내는 셈이다. 첫 시집의 의미는 존재론적 전일성이 파괴된 현실과 그것을 완성하기 위한 방법적 모색을 드러내고 있다는 것에서 찾을 수 있다. 두 번째 시집 또한 그 모색의 연장선에 놓이는 것이긴 하지만 시간에 대한 인식을 중심으로 의미의 깊이와 미적 성취를 이루고 있다는 점에서 첫 시집과 구분된다고 할 수 있겠다.

1

근대 이후 시간은 계측 가능한 것의 범주로 편입되었으며, 인류의 진보는 자연의 순환론적 시간관이 아닌 문명의 직선적 시간관을 내재하게 되었다. 과학 기술과 문명의 발전이 인류의 진정한 진보를 담보해주는 것이 아님을 우리는 제국주의의 횡포나 전쟁 등 여러 역사적 사건을 통해 경험한 바 있으며 지금도 경험하고 있다. 이러한 감각에 더 예민할 수밖에 없는 존재가 시인인 바, 시인은 궁극적으로 서정적 동일성을 지향하는 존재이기 때문이다. 시인들이 일반적으로 자연의 순환론적 시간 의식을 발현하는 까닭이 여기에 있다 하겠다. 그런데 김공호 시인의 경우엔 좀 다르다. 대부분의 시가 자연을 소재로 창작되었고, 시간에 관한 의식을 드러내고 있는 작품이 상당하지만 순환론적 시간관을 발현하고 있는 작품을 찾기란 쉽지 않기 때문이다. 그렇다면 시인의 시간 의식은 어떠한 것이며 그러한 시간 의식은 어디에서 기인하는 것일까.

우선 인간 존재의 유한성, 즉 태어나면서부터 안게 되는 시간적 한계에 대한 인식을 드러낸 작품을 보자.

모바일 폰이 울린다
엊그제 만났던 동창이 가지에서 툭! 떨어져 나간다
지금은
중추仲秋이다
여름까지 그렇게 푸르르던 갈색 잎들
한 밤 머물다 가면,
휑하니~ 하나씩
어디론가 누군가 데려간다

눈 깜박이며
가지엔 몇몇 열매들만 매달려 있다

빈 하늘만 쳐다본다

모두
기다린다, 내일을

하늬바람이 곧 불어올 것이다

-「갈색 잎들」 전문

존재의 유한성에 대한 의식은 죽음이라는 실존적 현상에서 연원한다. 인간은 태어나고 살고 그리고 반드시 죽는다. 인간이 불변하는 것, 영원한 것, 절대적인 것을 끊임없이 갈구하는 것은 죽음이라는 인간 한계에 대한 불안 의식 때문이다. 죽음은 인간이 알지 못하는 미지의 세계이기에 두려움의 대상이며, 현실과의 단절을 의미한다는 것만큼은 부인할 수 없는 사실이기에 슬픔이 수반될 수밖에 없다.

인용한 시에서는 이러한 정서가 정제된 상태로 이미 지화되어 드러나고 있다. 이 시의 시간적 배경은 늦가을로 접어들 무렵인데 이는 물리적 계절만을 의미하는 것이 아니라 시적 자아와 그의 동창들이 위치해 있는 인생의 계절이기도 하다. "엊그제 만났던 동창"의 죽음이 가지에서 열매가 "툭! 떨어져 나간" 것으로 표현되어 있는 까닭이 여기에 있다.

'열매'는 시적 자아를 포함한 '동창'들의 은유다. 그러므로 "가지엔 몇몇 열매들만 매달려 있다"는 것은 시적 자아를 포함하여 남아있는 동창들이 많지 않다는 의미일 터다. 남아있는 '열매들'은 이제 "빈 하늘만 쳐다"보고 있다. 뒤에 이어지는 '모두 내일을 기다리고 있다'는 시구를 보면 이 "빈 하늘만 쳐다"보고 있는 행위는 허무함보다는 죽음에 대한 불안과 두려움에서 비롯되는 것임을 알 수 있다. 이러한 정서들로 인한 긴장은 점점 고조되다가 "하늬바람이 곧 불어올 것이다"라는 마지막 연에서 극대화되고 있다.

시인은 이처럼 죽음에 대해 인식하고 있지만, 그것이 내생의 또 다른 삶이나 다른 존재로의 전이라는 형태로 이어지지 않는다. 대신 시인은 과거로의 여행을 떠난다.

곶자왈이 익는다 오소리가 어슬렁거린다 밤나무 감나무 억새밭 틈새로 돌빌레 가을이 빨갛게 익는다 그는 한 겨울이 무섭다 지금 무얼 찾아 먹어야 한다 살찐 몸으로 바람 소리 잘 들리지 않은 동굴의 잠에서 혹한의 추위를 곰같이 잊어야 한다 산길 따라 족제비들도 저마다 갈 길이 바쁘다 청미래덩굴도 하늘타리도 갈색 잎 글씨로 점점이 한 해의 회고를 알리고 산벚나무 덜꿩나무도 붉은 잎으로 지나온 길을 하나둘씩 떨어뜨린다 밤나무가 서 있는 돌빌레의 외로운 틈 사이를 어젯밤 오소리가 다녀간 흔적이 흔하다

산촌 노모는 초가집 문틀 붙잡고 깊어지는 가을 숲 돌빌레의 외로움을 동경하며 쳐다본다 올해의 초가집 새는 어디서 구해올꼬? 하는 단풍잎 물음이 그녀의 앞섶에서 펄럭인다

30대 청춘
그때 그 시절, 있었다

곶자왈 외곽 가장자리 돌빌레 틈샛길 따라 소떼 행렬이 띠의 물결 속으로 잠긴다 칠순 마부가 소떼를 몰며 올해는 언제쯤 저 자유를 겨울의 우리에 가두어 놓아야 하나?

들녘에
띠의 파도가 출렁인다

-「제주의 가을」 전문

인용한 시도 가을을 배경으로 하고 있다. 1연에서는 현재의 시점에서 가을의 정취가 그려져 있다. '오소

리', '밤나무', '감나무', '족제비', '청미래덩굴', '하늘타리', '산벚나무', '달꿩나무' 등등 산의 온갖 존재들이 저마다의 방식으로 가을을 보내고 있다. 시인은 하나하나 호명하며 그들의 가을을 그리고 있다.

"한 해의 회고"라든가 "지나온 길을 하나둘씩 떨어뜨린다"는 표현에서 알 수 있듯 가을은 지나온 길을 되돌아 보는 때이기도 하다. 인생의 가을 또한 다르지 않다. 태양으로 표상되는 가열한 열정의 계절이 여름일진대 이 시에서 "30대 청춘"이 의미하는 바가 바로 '여름'이기 때문이다. 시적 자아는 "30대 청춘 / 그때 그 시절, 있었다"라고 인생의 여름을 환기하고 있다. 이 '30대의 청춘'은 시적 자아의 청춘일 수도, '산촌 노모'의 청춘일 수도 있다. 그것은 중요하지 않다. 누구에게나 청춘은 있었을 것이기 때문이다.

눈길을 끄는 점은 '30대 청춘'을 환기하는 어조가 매우 단호하다는 사실이다. 그것은 단순한 회고나 그리움의 정서가 깃든 어조도 아니고 그러한 시절이 있었다는 사실에 대한 확인, 내지 각인을 위한 언표처럼 들리기 때문이다. 시인은 왜 이토록 힘주어 청춘을 호명하는 것일까. 그것은 지나가버린, 다시 오지 않을 시절에 대한 아쉬움이나 서러움과 같은 감정적 차원에서 설명되지 않는다. 시인의 시에서 감정은 최대한 절제되어 있거니와 위 시에서도 1연과의 연결에서 감정이 전제되어 있지 않기 때문이다.

이는 존재론적 완성, 그 밀도의 차원에서 이해하는 것이 타당해 보인다. 지금의 자아는 과거의 순간들이 모여 이루어졌다. 그렇다고 '왕년에' 운운하는 그런 류의 과거가 아님은 물론이다. 오늘의 자아가 있기까지 직면해야 했던 현실과 그것에 응전했던 자아의 선택, 의지, 실천 등이 그 내용이 될 것이다. 조락의 계절 가을, 그 시들고 떨어짐이 노쇠와 허무로 귀결되는 것이 아니라 성숙과 비움으로 의미화되기 위해서는 지나온 시간에 대한 성찰과 인정이 따라야 할 것이기 때문이다.

2.

감정의 절제와 이미지즘적 기법으로 시를 전개하고 있는 까닭에 시인의 시에서 과거에 대한 성찰과 인정의 의미들이 직접적으로, 표나게 드러나고 있는 것은 아니다. 그의 시를 꼼꼼히 읽다 보면 이미지와 이미지 사이, 행과 행 사이에서 말해지지 않은 의미를 간취할 수 있을 뿐이다. 그 간극이 멀 경우 때때로 신인의 미숙함으로 읽힐 위험이 따르는 것이 사실이나 이는 시의 깊이와 긴장감을 담보하는 요소로 작용한다는 점에서 그 의의가 있다.

어릴 적
뒷동산이 달려온다

둥지를
떠나온 45년, 여름날 오후

숨겨놓은 4.3사건 신문스크랩 몇 조각, 주인 잃은 누런 고서, 아들딸 함께 찍은 빛바랜 사진 몇 장, 그이 앞 밥 한 공기 올려놓던 놋사발 한 벌, 추운 겨울 얼굴 마주 보며 정 담아 쬐던 오래된 숯불 난로, 늘 방안 걸어 놓고 보는 참새 그림 한 점, 시집올 때 가져온 낡은 경대 한 벌과 누런 반지 한 벌, 둥지처럼 그이 옷 담아 간직해 오던 오래된 소나무 궤짝 하나, 어릴 적부터 소중히 감추어 두었던 어머니의 손글씨와 빛 잃은 그날의 유품들

뒷동산은 그날처럼
오늘도

소들이
능선의 풀을 뜯고 있다고 한다

지금은 시로만 남아 떠도는 것들

-「지금도 가슴에 시를 쓰는 여자」 전문

위 시는 시인에게 시란 어떤 의미인지 일러주고 있다는 점에서 주목을 요한다. 시인은 제주도 출신이며

지금도 제주도에서 살고 있다. 제주도에는 4.3사건이라는 아픈 역사가 자리하고 있는데, 제주도민이라면 이 사건의 영향에서 자유로운 사람은 없을 것이다. 이 시의 소재가 바로 4.3사건이다. 그러나 시인의 시가 대부분 그러하듯 이 시에서도 감정의 동요나 기복을 읽을 수 없는 것은 마찬가지이며 연과 연 사이 의미의 간극이 크다. 감정은 철저히 배제한 채 사건을 환기하게 하는 물건들과 "어릴 적부터 소중히 감추어 두었던 어머니의 손글씨와 빛 잃은 그날의 유품들"을 나열하고 있을 뿐이다.

시적 자아에게 그날의 비극은 과거에 머물러 있는 박제된 사건이 아니다. "어릴 적 / 뒷동산이 달려온다"거나 "뒷동산은 그날처럼 / 오늘도 // 소들이 / 능선의 풀을 뜯고 있다"는 표현에서 보듯 그것은 현재 생생하게 재현되고 있다. 과거와 현재, 변한 것과 불변한 것, 인위적인 것과 자연 등 이항대립적인 성질의 것들이 서로 상응하며 새로운 차원으로 나아가고 있는 것이다. 이러한 인식의 구도를 가능케 하는 것이 바로 '시'이다. "지금도 가슴에 시를 쓰는 여자"라는 제목에서 보듯 4.3사건을 환기하게 하는 모든 물건이나 이미지는 과거의 것으로도 현재의 것으로도 남아있지 않고 '어머니'가 가슴에 쓴 시로 남아있는 것이다.

시인에게 시란 역사에 대해 혹은 존재에 대해 묻는

수단이다. 그가 〈시인의 말〉에 쓴 것처럼 "울지 못하는 암 말매미"의 울음이 바로 시인 것이다. '울지 못하는 누군가의 울음'이 시라면 시인이 끊임없이 과거를 돌이키는 것은 그것의 울음을 울게 해주기 위해, 그것의 의미를 말해주기 위해서가 아닐까.

풀밭에 날아와 앉아 하루를 보내는 방아깨비처럼, 멀구슬나무 하늘 가지에 앉아 구슬피 울어대는 말매미들처럼 또 하루가 저무네, 능선을 타고 올라가야 기다리는 집이 있는데 얼마 걸어오지 않았는데 하루 해가 저무네 내 앞엔 갈 길 먼 바람만 부네

휘어진 언덕 길

동산 능선 몇 굽이 돌고 돌아 좁은 길 앞 산 보며 투덜대며 투덜거리며 걸어왔는데, 앞장서 서둘러 가야 한다고 빨리 일 끝내고 가야 한다고 힘들여 걸어왔는데 벌써 하루 해가 저무네

갈 길이 아득한데 해가 저무네

언덕 넘어 기다리는 집이 있는데

앉아 좀 얘기하자고,

나와 함께 걷던 조릿대도 여기 앉아 잠깐 쉬어 가자고 그러는데 벌써 해가 저무네

앞 산은

나를 여기 붙잡아 앉히네

능선 위 올라가야 기다리는 집이 있는데, 나무 밑 소슬바람

도 발밑 시냇물 돌담도
나를 당겨 앉히네,

나를 당겨 앉히네

-「그집」 전문

위 시는 일을 끝내고 집으로 돌아가는 시적 자아의 여정과 그 여정에서의 심리를 그리고 있는 작품이다. 집으로 가야 하는데 벌써 해가 저물고 있다는 것, 서둘러 가야 하는데 자연이 자꾸 붙잡아 앉힌다는 것이 이 시의 내용이다. 그런데 인생을 계절에, 시인의 현재를 가을에 비유했던 것을 상기하면 이 시의 '하루' 또한 인생의 비유로 읽을 수 있을 것이다. 하루 중 해가 저물 즈음은 가을이라는 계절과 등가를 이루는 셈이다. 이 시의 2연까지는 시구 말미에 '하루가 저무네', '하루 해가 저무네', '해가 저무네' 등의 표현을 반복하고 있다. 이토록 반복 강조하고 있다는 것은 시인의 의식에 '저문다는 것'에 대한 인식이 강하게 자리하고 있다는 의미일 것이다.

이 시에는 시적 자아의 의식의 흐름 또한 잘 드러나 있다. 1연에는 온통 해가 지고 있다는 사실에 의식이 닿아 있다면 2연에서는 해가 지고 있는데 좀 쉬었다 가자고 하는 주변의 권유가 들리기 시작한다. 3연부터는 해가 지고 있다는 사실은 의식에서 사라지고 자아를 붙잡아 앉히는 것들에 사로잡혀 있다. 마지막 연에는 오로지 "나를 당겨 앉히네"라는 언표만이 확고하게 자리하고 있다. 중요한 것은 '그집'에 이르러야 하는데 이미 해는 저물고 시간이 얼마 남지 않았다는 불안감에 사로잡혀 있던 시적 자아가 주변 대상들과 더불어 시간을 보내고 있다는 사실이다.

시적 자아가 도달해야 하는 종착지는 '집', 보다 구체적으로는 '기다리는 집'이다. 그런데 이 시의 제목은 '그집'으로 시적 자아와 거리를 상정하고 있다는 점이 이채롭다. '집'이 단순히 주거지를 의미하는 것이 아님을 알 수 있는 대목이다. 이를 '하루'가 인생을 표상하는 것과 연결 짓게 되면 '그집'이란, 존재의 완성이나 죽음과 같은 현실을 초월한 세계에 대한 의미화로 읽을 수 있을 것이다. '그집'에 이르기 위해서는 "투덜대며 투덜거리며" 맹목적으로 걷기만 해서는 안 된다. 아이러니하게도 "나를 당겨 앉히"는 것들과 더불어 '얘기하고', '쉬어 가야' '그집'에 이를 수 있는 것이다.

주변 목소리에 귀기울이는 것, 기꺼이 앉혀져 이야기를 나누고 시간을 보내는 것, 이것이야말로 시인의 시를 쓰는 행위가 아닌가 한다.

3.

존재의 유한성에 대한 비극적 의식에서 존재의 가치를 확인하고자 하는 욕망이 추동되고 있으며, 과거를 통해 그 가치를 확인하는 과정, 시간을 들여 타자와의 관계를 만들어가는 과정이 바로 시인에게는 시를 쓰는 행위이자 시 쓰기의 의미였다. 또한 그 과거는 과거에 머무는 것이 아니라 현재로 건너와 그것을 초월한 또 다른 세계에 이르게 하는 구도를 보여주고 있다. 시인은 개인적 차원이든 역사적 차원이든 과거의 시간들을 거슬러 올라가 그것들을 자리매김한다. 그 시간들이 '지금 여기'의 자아를 이룬 근간이었음 확인하는 과정이다. 그리고 그 근간의 중심에는 '어머니'가 있다.

그 님

함박 동안童顔으로
웃으신다

트리토니아꽃* 피는 올레 입구까지 걸어 나와 한참을
기다리시는 어머니!

어머니는,
태양이다
봄꽃이다
봄 향기 그윽한 땅찔레꽃이다 양지바른 봄볕이다

어머니의 어머니
그 어머니의 어머니 어머니의 어머니이다

온 밤을
각지불 켜 놓으시고 기다리시는 어머니의 어머니이다

꾸지뽕나무 가시 돋친, 높새바람 불어오는 길목

반기며 나를
안아주는

함박 동안의
나목裸木이시다

–「어머니」 전문

어머니로부터 분리되면서 인간은 근원적인 상실과 결핍을 내재한 채 사회라는 공동체에 편입된다. 인간의 존재론적인 고독은 아이러니하게도 인간의 탄생, 곧 어머니로부터의 분리에서 연원하는 것이 되는 셈이다. 이러한 결핍과 고독은 결코 채워질 수 있는 것이 아니다. 태어난 이상 다시 모태로 돌아갈 수도 없는 일이거니와 금기와 욕망을 내면화한 사회적 자아에게 실존적 어머니는 이미 근원적 결핍을 메워줄 수 있는 존재가 아니기 때문이다. 시인이 '어머니'를 신화적 존재로, 어머니가 있는 고향을 신화적 공간으로 그리고 있는 것은 이러한 까닭에서다.

인류사의 흐름이 발전과 진보를 목표로 직선적 진행을 이루어간다고 할 때 영원성, 무시간성을 특징으로 하는 신화의 세계는 그것에 대항하는 위치에 놓이게 된다. 1930년대, 근대성의 폐해로 형해화된 자아가 신화적 세계에 의탁하여 전일성을 회복하고자 했던 까닭이 여기에 있다. 백석의 '고향'이나 정지용의 '자연'이 그 대표적 예가 될 것이다. 김공호 시인이 구현하고 있는 무시간성의 세계도 이와 동일한 맥락에서 이해해 볼 수 있을 것이다.

이 시에서 '어머니'는 "트리토니아꽃 피는 올레 입구까지 걸어 나와 한참을 / 기다리시는" 실존적 존재로 시작해 "어머니의 어머니 / 그 어머니의 어머니 어머니의 어머니"라는, 영원성을 담보한 신화적 존재로 승화되고 있음에 주목할 필요가 있다. 이 '어머니'는 '태양'이고 '봄꽃'이고 '봄 향기 그윽한 땅찔레꽃'이며 '양지바른 봄볕'이기도 하다. 자연 그 자체인 셈이다. 시적 자아에게 '어머니'는 자연이고 자연은 곧 '어머니'이다. '어머니'이자 자연인 '그 님'은 시적 자아를 기다리고 안아주는 존재이다. 존재의 근원적 결핍을 보상하고 파편화된 자아의 전일성을 회복하는 시공간이 어머니로 표상되는 자연인 것이다.

중요한 것은 시인이 어떠한 초월적 시공간, 관념적

유토피아를 상정하고 있지 않다는 점이다. 오히려 실존적 존재로서의 '어머니'와 그 '어머니'가 현존하는 시공간에 신화성을 입히고 있다고 하는 것이 더 정확한 표현일 것이다. 시인은 존재의 유한성과 근원적 결핍, '근대인'으로서의 파편화라는 비극에 대한 해법을 관념이나 초월적 세계에서 찾으려 하지 않는다. 이러한 문제를 현실에서 해결한다는 것은 불가능한 일이나 시인은 그 불가능성을 껴안고 현실에서 방법을 거듭 모색하고 있는 것이다. 시인의 시에서 순환론적 시간관이 발현되지 않는 까닭이 여기에 있다고 하겠다. 이를 잘 보여주고 있는 작품이 「노모 1」과 「뿌리」이다.

1
봄 동산에서
망텡이 짐을 지고 가는 노모가 있다, 간헐적으로 내리는 안개비와 마파람 가슴 한가득 끌어안은 고사리와 굽어 있는 등
새 풀잎과 가시덩굴 풀밭이 노모의 바짓가랑이를 잡아당긴다

하루 해가 짧다

2
이제부터 시작이다

새 꿈의 풀잎과 지저귀는 저 소리를 들으면

노모의 눈은
절망을 포롱포롱 날며 내일을 새 순筍으로 피워낸다

온종일
꿈이 꺾인 동산에도, 산 넘어 온 세상으로

고사리는 새 잎을 편다

-「노모」 전문

인용한 시도 '노모', 즉 '어머니'를 소재로 하고 있는 작품이지만 「어머니」에서처럼 영원성을 직접적으로 부여하고 있지는 않다. 그러나 이 시의 공간도 과거, 현재, 미래가 공존하고 있는 신화적 세계라는 점에서는 동일하다. 1장에서 묘파되고 있는 노모와, 노모를 둘러싼 주변 환경의 모습은 고사리를 꺾는 노모의 현존이기도 하면서 또 한편으로는 핍진한 노모의 일생에 대한 은유이기도 하다. 1장의 마지막 연에 쓰인 "하루 해가 짧다"는 시구는 '굽어있는 등'과 함께 노모의 저무는 인생을 연상하게 한다.

그런데 2장은 "이제부터 시작이다"라는 시구로 시작하여 시적 분위기를 완전히 전복하고 있다. 자연 속에서 '노모'는 "절망을 포롱포롱 날며 내일을 새순으로 피워"내는 존재로 거듭난다. "온종일 / 꿈이 꺾인 동산에도, 산 넘어 온 세상으로" 새잎을 펴내는 고사리 또한 노모와 동일화되어 있다. 과거와 현재 미래가 공존하고,

끝과 시작, 절망과 희망이 교응하고 있는 세계가 '봄 동산' 이며 이는 신화의 세계와 다른 것이 아니다.

1
할머니 한 분이
걸어온다

서사로
길모퉁이 끝점으로

지팡이 짚고,

허리가
90° 구부러져 있다

한 걸음 한 걸음이
노을처럼 힘들다

그 곁,
베어진 나무뿌리 그루터기

문어 발 같은 자세로
텅 빈 잔디 밭 화단에 덩그러니 내팽개쳐 놓여 있다, 족히 100년은 넘게 살다 간 생명 같다

어느 날
누구에게 베어짐을 당한 뿌리

흙 위로 도두라져 나온
낡은 근육들, 굵직한 발들

들비둘기들도
잠시

그날의 쉬어 감을 즐기곤 했겠다!

2
노을빛이
오늘을 지우며 어둠으로 사라져 가는 순간이다

만원 버스다

할아버지 여기 앉으시죠? 한다

초등학교 6학년쯤 되어 보이는 사내의 복숭앗빛 밝은 얼굴

그냥
앉아 간다

어쩐지 미안하다

퇴근 시간이라
버스는 파도에 밀려 쓰러졌다 일어난다

용천 마을 정류장이다

그 학생도

나도 동시에 내린다

황혼이 흔들린다
가로수들 사이로 그러나 고맙다 아름답다

-「뿌리」 전문

이번 시집에는 유난히 늙고, 지고, 저무는 대상이나 풍경에 대한 표현이 많은 점이 이채롭다. 그만큼 시인의 의식에 시간의 한계, 존재의 유한성에 대한 인식이 강하게 자리 잡고 있다는 의미일 것이다. 그렇다고 이것이 시인의 시세계가 비극적 인식에 침잠해 있다는 의미는 아니다. 시인은 지고 저무는 것들에 새로운 것, 시작하는 것을 부단히 교응시키고 있기 때문이다. 위 시에서도 이를 확인할 수 있다.

1장에서는 "지팡이 짚고", "허리가 90° 구부러져 있"고 "한 걸음 한 걸음이 / 노을처럼 힘"든 '할머니 한 분'과, "족히 100년은 넘게 살다 간 생명 같"은 "베어진 나무뿌리 그루터기"에 대한 묘사가 이어지고 있다. 둘은 오랜 시간 존재해왔고 이제 늙고 낡아, 제 기능을 제대로 하지 못한다는 공통점이 있다.

2장에서도 이러한 분위기는 이어지는 듯하다. "노을빛이 / 오늘을 지우며 어둠으로 사라져 가는 순간"으로 시작하고 있고 시적 자아 또한 '할아버지'로 불리는 오래된 존재이기 때문이다. 그런데 "초등학교 6학년쯤 되어 보이는 사내의 복숭앗빛 밝은 얼굴"의 등장으로

이 분위기는 전환된다. 퇴근 시간의 만원 버스 안, 버스가 '파도에 밀려 쓰러졌다 일어서는 듯' 혼잡한 공간이지만 '할아버지'와 '복숭앗빛 밝은 얼굴'의 마주침으로 공간의 성질이 달라진다. 둘이 함께 내리는 '용천 마을 정류장'은 고마움과 아름다움으로 충만한 공간이며 그것은 황혼을 흔들 만큼 강력한 것이다. 이 시에서 그리고 있는 공간은 이처럼 실존적 현실의 공간이자 과거와 미래가 공존하는 신화적 세계로 겹쳐진다.

김공호 시인의 시간관은 근대의 일시적 순간이나 영원에 놓여 있지 않다. 시인은 그의 시에서 존재론적 고독과 유한한 존재, 파편화된 존재에 대한 비극적 인식을 드러내고 있는데 그 초월을 관념이나 형이상의 세계에서 구하고 있지 않기 때문이다. 그의 시에서 신화적 세계는 실존적 현실에서 탐색되고 있다는 사실이 이를 증명한다. 노인과 아이, 절망과 희망, 낡은 것과 새로운 것이 교응하며 현실 속에 신화적 세계를 덧씌우는 방식이 그것이다. 시인이 그의 시에서 그리고 있는 세계는 새로운 것이 낡은 것을 밀어내는 직선적 시간의 세계도 아니고, 상충하는 대상을 물리치고 어느 하나가 중심이 되는 수직적 세계도 아니다. 공존의 시간이 흐르는 '고맙고 아름다운' 세계, 그 실존적 신화 세계를 구현하고 있다는 것이 김공호 시인의 두 번째 시집 『달』의 의의가 아닌가 한다.

박진희 | 문학비평가

시와정신시인선 48

달

ⓒ김공호, 2023

초판 1쇄 | 2023년 10월 15일
초판발행 | 2023년 10월 15일

지 은 이 | 김공호
펴 낸 곳 | 시와정신사
주　　소 | (34445) 대전광역시 대덕구 대전로1019번길 28-7
　　　　　　　　시와정신아카데미
전　　화 | (042) 320-7845
전　　송 | 0504-018-1010
홈페이지 | www.siwajeongsin.com
전자우편 | siwajeongsin@hanmail.net

공 급 처 | (주)북센 (031) 955-6777

ISBN 979-11-89282-53-0 03810

값 12,000원

* 이 책의 판권은 김공호와 시와정신사에 있습니다
* 지은이의 허가 없이는 무단 전재 및 복사를 금합니다.
* 잘못된 책은 바꿔드립니다.

이 책은 제주특별자치도와 제주문화예술재단의
2023년도 제주문화 예술지원사업 후원을 받아 발간되었습니다.